行吟

腾冲

伯绍勤 著

这是一个行吟者
在美丽的蓝天下
在神奇的大地上
因时空
颤动心灵
而从指间流出的
一组琶音
……

云南出版集团公司
云南美术出版社

图书在版编目（CIP）数据

行吟腾冲 / 伯绍勤著. —昆明：云南美术出版社，
2010.12
ISBN 978-7-5489-0221-8

Ⅰ. ①行… Ⅱ. ①伯… Ⅲ. ①诗歌—作品集—中国—
当代 Ⅳ. ①I227

中国版本图书馆CIP数据核字（2010）第251994号

特邀编辑：杨仲禄
责任编辑：黄显松 张湘柱
装帧设计：张湘柱
插　　图：陆国民
摄　　影：段应宗 伯绍勤

行吟腾冲

伯绍勤　著

出版发行：云南出版集团公司
　　　　　云南美术出版社
地　　址：昆明市环城西路609号
制版印刷：昆明卓林包装印刷有限公司
开　　本：787mm×1092mm　1/16
印　　张：12
字　　数：50千
印　　数：1~3000
版　　次：2010年12月第1版
印　　次：2011年1月第1次印刷
书　　号：ISBN 978-7-5489-0221-8
定　　价：28.00元

向鹰学习自由　向牛学习简单
——《行吟腾冲》序

我的大地

我想做黄河

出口改在福建

在大陆和台湾中间

吐一个

相连的平原

我的大地

我想做长江

去从西北流出东北

使我的祖国

完全成为江南

这两段诗，想象奇伟，气势恢弘，让人读后顿感胸怀开朗。

据说，2008年水利部主要领导到和顺调研，时在和顺任职的作者，在汇报水利工作时朗诵了这首名为《我的大地，我想对你说》的诗，诗中洋溢的赤子情怀与这位领导对国家水资源分布失衡的忧患意识不谋而合，引起强烈共鸣，当即邀约作者到村前的《重修阳温登水利碑》下合影留念。并对和顺的水利建设作出了重要指示。

作者长期在乡镇基层工作，与土地与民生有着血肉的联系，其对大地对江河的感念是情性之使然，当然这包含着生活的历练与文字的历练。且看其在《腾越河》中对叠水河的赞赏：

> ……
> 在叠水河瀑布上
> 面对艰险
> 毅然撕开胸膛
> 飞流直下
> 扑向壮丽的粉碎

"扑向壮丽的粉碎"！真是悟别人所未悟，言他人未曾言，以往咏诵腾越叠水瀑布的诗文中未见有这样的警句。接下来的几句："不要森林的掌声／不要鲜花的报答／也不要谷穗的谢意／为了目标／从容／做大江南去"。叠水河——大盈江被赋予了灵性，使人感到这奔流之水不是匍匐在河床上，而是像一位伟岸直立的行者顾自前行，给人一种人格魅力的感染。这样的句子，会给人以力量。

再看下面两首：

《胡杨》：

　　千年不死

　　死后千年不倒

　　倒下千年不朽

《雪人》：

　　站着　拒绝倒下

　　哪怕在泪水中消失

《胡杨》只三句，《雪人》只两句，就勾勒出兀立、
坚毅、挺拔的形象，其字句间溢出的深厚哲理令人寻
味，可以用几篇文章来阐释。其实，作者所塑造、所
顶礼膜拜的是一种精神。而赞美这不朽精神的隽永的
诗句倒真给人一种不朽的感觉，这样的句子流传到哪
个时代都不为过时的。这是真正的诗，是好诗。

　　作者对人生世象的思索伴随在他行吟的路上，或
者说一路的艰辛和喜悦随时都会在他的俯仰之间迸发
出思索的火花，且看其《偶感》：

　　当你听到

　　不会发芽的种子在哭

　　你要告诉它

　　真实的生命

有时会由遗憾
作为结局

当你听到
夜晚被无情地诅咒
你要宽慰它
日子　是由白天和黑夜组成

当你听到
人们在哀叹苍老或稚嫩
你要劝说他
热爱生命　不能只爱青春

这不由得使人想起那遥远的、大智的老庄，诗者的行吟已把读者带入到一种智慧的、豁然的境界。

作者对精神的追求，不仅仰望崇高，更向往自由："孤雁鸣叫／不是因为箭伤疼痛／而是由于／失去了天空／尽管天空已没有翅膀的痕迹／但生命里程／曾是崇高的人字"。如果上面这首《秋咏》中流露的是对孤雁失去天空的怜惜的话，那么《乡村纪事》中对醉卧草地的汉子的白描——"一个叫乡愁的汉子／醉卧在草地上／在苍莽的水墨山水里／向鹰学习自由／向牛学习简单"就简直是对随性的乡野生存，对田园牧歌的赞美、留连和艳羡了。

　　作者对生活的感悟，不能不回到童年。"……清晨的小路上／大人们又一天劳动的背影已经走远／路旁树林中／所有的小鸟都在醒来后鸣叫／就像我们在老师面前／哇啦哇啦地念书"（《忆童年》），农村艰辛的劳作在童稚的眼睛里充满着清晨小鸟鸣唱的诗意。而最让作者挥之不去的一种情怀便是被其展示得淋漓尽致的《父亲》：

在慨叹成不了诗人的日子里

蓦然发现

养育我们的父亲

虽一字不识

却是一位

了不起的诗人

田地是纸　种子是字

锄头和犁铧是笔

不做纷繁的构思

开春之后

便押着四季的平仄

挥汗如雨

在大地上直抒胸臆

一排排水稻和玉米

是他写出的诗行

岁月　定期在秋天为他出版

九十年的作品无法结集

结集也只有一行

并且只有两个字

————父亲

　　作者自陈其农村生活是穷困窘迫的，而在他今日的笔下这辛劳和汗水、悲喜和沧桑都弥含着一种诗意，凡是从农村出来的人读了这首《父亲》都会承认，这不是一个人的父亲，这父亲还有另外一个名字——农民，传袭了世代烟火、养育了后辈、养育了城市、养育了文明的农民！作者把生活、把年轮、把伦理、把血缘亲情诗化，把父亲的一生诗化，作者是换着角度来写父亲的悲苦、来总结父亲的一生，悼念中彰显农民的自尊与自豪，这就是真正的诗歌的审美力量。

　　美学家说，生命是美的源泉。

　　而对生命的讴歌则是诗——文学的最高使命，是其生发和存在的理由。

　　美学家又说，生活中不缺少美，而是缺少发现美的眼睛。

　　在世人司空见惯、习以为常、很不经意的物事中，看出、悟出一点什么，并以自己的语言从自己的心底发出真诚的咏叹和歌唱，这便是诗，便是诗者不同于非诗者的眼光和气质。

作者在和顺工作了两年多，在完成工作的同时还有其独自的对生命对命运的观察、体验和感悟。和顺乡现在是声名远扬的魅力名镇。在作者的眼中，旧时和顺人的外出经商、和顺文明的积淀，是以许多不归的灵魂和破碎的家庭为铺垫为代价的；在作者的笔下出现了这样的文字：

> 双虹桥　是两张弯弓
>
> 桥前的路　是箭行的轨道
>
> 一代一代的和顺男人
>
> 成为矢簇
>
> 被离别　弹射出去
>
> 无数回不到家园的人
>
> 将故土的名字　改做
>
> ——侨乡

美丽的双虹桥成了"两张弯弓"，男人出远门被说成是"被离别弹射出去"！一个"离别"，一个"弹射"，充分而又特异地道出了那个年月男人远走他乡既是对生存的希冀和向往，也包含着求生的无奈和在命运面前身不由己的复杂心情，形象而冷峻。这是作者独有的视觉、独有的语言、独有的创造！

再看下面对游子的凭吊：

多少儿别隔娘坡[①]
捷报桥上几人回[②]
缕缕归魂谁长吊
点点白鹭戴孝飞

人们仿佛看到思乡游子染满风尘的身影，挪着疲惫的步履，在苍朽的石桥上踽踽而行。世事恍隔，试问"缕缕归魂谁长吊"——只有"点点白鹭戴孝飞"。好一个"点点白鹭戴孝飞"！极为形象，极为惆怅，极为沉郁。这是作者面对长满时序苔藓的古桥——捷报桥发出的叹息，是对侨乡历史的回望和对那不归魂灵的悲悯！令人回肠荡气。

同时，作为诗，它又是美的。作者以审美的方式来表达自己的思考和发现，赋予沧桑历史以一种苍凉之美，"缕缕归魂谁长吊，点点白鹭戴孝飞"，令人于凭吊中受到美的感染，于吟哦中得到美的启示和美的享受，堪与"可怜无定河边骨，犹是春闺梦里人"之类的古典名句相媲美。

文学创作历来是以质取胜的行当。钱钟书先生一

---

① 隔娘坡，和顺主村落背后的山坡，是和顺男儿出走异域时拜别娘亲之地。

② 捷报桥，和顺男儿从异域归来时经过的石桥，但真正能成功归来的不多，多数是终了客居异域或客死他乡。

部二十余万字的《围城》，一直在中国现当代文学长廊上闪闪发光。伯氏这个尚显单薄的集子据说在一些友人中已经有了一种阅读期待，如上所述，读起来也还颇有值得回味之处，这在诗歌天才们藐视受众同时也被受众冷漠的今天，不为不是诗歌的一点微弱的亮光。

好的诗作，哪怕有一首有一句能让人记住，能传开来、传下去，在诗的传统上、在民族的语言大厦上留下一点痕迹，也就是"一句顶一万句"，也就可以知足了。

对伯诗（还有他的散文）作全面评析，还为时尚早。以上举隅，只不过让人们注意腾冲出了一位有灵性、有悟性的本土诗者而已。

腾越小西盈水里人　杨仲禄

2010年冬于昆明寓所

自　序

　　我的前生可能是一个且歌且行的行
者，今生劳作之余，仍然行走在云边、水
边，愁边、诗边，以及情边、梦边……在
故乡和他乡，走过一程程路与途、经历了
一年年春与秋之后，我把行囊中收藏的这
些容易飘散为云、落地为水的心情拾掇成
集，希望与你结一路尘缘。

　　蚌因珠而病，但珠比蚌美丽珍贵，

不恰当的比喻，颇如自己和这些小诗小文，它比我生命本身精彩。"出塞不辞三万里，著书须计一千年。"我不敢奢求它能够抵达千古，只求与你共鸣。如果你喜欢，我会真诚地感谢你的知遇之恩，因为这就是我的光荣和梦想。如果你不怎么喜欢，那么，我将再去等待，在今后九百九十九年生生世世轮回、你也经历了我的一些经历之后，也许它会成为你的知音。

以手指月，手不是月亮，但从手的方向可以看见月亮。这本书，不是我的心，但通过它，你可以看见我的心……

目 录 ≫

壹 云边、水边

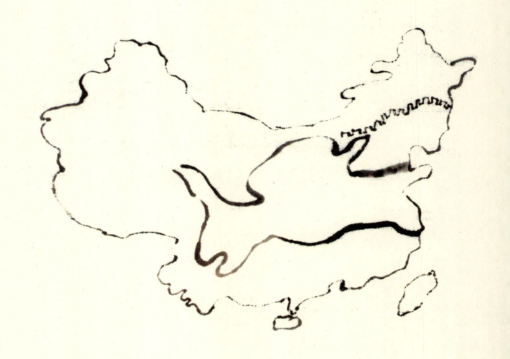

我的大地，我想对你说

我的大地
我想做你胸怀中的矿石
千百次冶炼之后
铸成直破苍穹的神剑[①]
不让任何入侵
玷污你的尊严

我的大地
我想年年轮回
做一次珠峰
每到七月
就带一身冰雪
去和衡山五指山相伴
为南方遮挡酷炙的暑天

我的大地
我想做黄河
出口改在福建
在大陆和台湾中间
吐一个
相连的平原

我的大地
我想做长江
去从西北流出东北
使我的祖国
完全成为江南

注 释

① 神剑：导弹等保卫国家的武器。

明 光 河

明光河是龙川江的源头，最后汇入伊洛瓦底江入印
度洋。

你只流在最低的地方
还总怕你冲出堤岸
而你的心胸却是这样广阔
竟包含着白云　蓝天

经过千难万险
经过曲曲弯弯
力量在前进中壮大
征途在前进中变宽

虽然不是黄河
不是长江
但也是南疆的一条河流
心　始终与大海相连

我的大地
我想年年轮回
做一次珠峰
每到七月
就带一身冰雪
去和衡山五指山相伴
为南方遮挡酷炙的暑天

我的大地
我想做黄河
出口改在福建
在大陆和台湾中间
吐一个
相连的平原

我的大地
我想做长江
去从西北流出东北
使我的祖国
完全成为江南

注 释

① 神剑：导弹等保卫国家的武器。

明 光 河

明光河是龙川江的源头，最后汇入伊洛瓦底江入印
度洋。

你只流在最低的地方
还总怕你冲出堤岸
而你的心胸却是这样广阔
竟包含着白云　蓝天

经过千难万险
经过曲曲弯弯
力量在前进中壮大
征途在前进中变宽

虽然不是黄河
不是长江
但也是南疆的一条河流
心　始终与大海相连

我的大地
我想年年轮回
做一次珠峰
每到七月
就带一身冰雪
去和衡山五指山相伴
为南方遮挡酷炙的暑天

我的大地
我想做黄河
出口改在福建
在大陆和台湾中间
吐一个
相连的平原

我的大地
我想做长江
去从西北流出东北
使我的祖国
完全成为江南

注　释

① 神剑：导弹等保卫国家的武器。

明 光 河

　　明光河是龙川江的源头，最后汇入伊洛瓦底江入印
度洋。

你只流在最低的地方
还总怕你冲出堤岸
而你的心胸却是这样广阔
竟包含着白云　蓝天

经过千难万险
经过曲曲弯弯
力量在前进中壮大
征途在前进中变宽

虽然不是黄河
不是长江
但也是南疆的一条河流
心　始终与大海相连

力量在前进中壮大
征途在前进中变宽

腾 越 河

　　腾越河是大盈江的源头，穿越腾冲县城。在太极桥下，从30多米的悬崖上跌落，响声雷动、水花四溅，形成了壮美的叠水河瀑布，有楹联赞曰："叠水如棉，不用弓弹花自散……"

是海　却不肯蓝
也从不说
曾是雨　曾是云
曾是惊天动地的
电光风雷

在叠水河瀑布上
面对艰险
毅然撕开胸膛
飞流直下
扑向壮丽的粉碎

不要森林的掌声
不要鲜花的报答
也不要谷穗的谢意
为了目标
从容　做大江南去

不要森林的掌声
不要鲜花的报答
也不要谷穗的谢意

为了目标 从容 做大江南去

秋 咏

孤雁鸣叫
不是因为箭伤疼痛
而是由于
失去了天空

尽管天空已没有翅膀的痕迹
但生命里程
曾是崇高的人字

蜡　烛

只有忍受燃烧的疼痛
才能绽放光明

胡 杨

千年不死
死后千年不倒
倒下千年不朽

雪 人

站着　拒绝倒下
哪怕在泪水中消失

行吟腾越

腾冲人大多是戍边军队和移民的后裔。

一、腾冲人

其实　我们从来没有忘记
自己是乔山飘来的蒲公英的后代
（比如我　陕西凤翔
一个我们从未到过的地方
是我们家族的故乡）
初到腾冲的先民
大都是向往大漠孤烟
长河落日的汉子
他们或从秦汉
或从唐宋元明
一批　一批
山一程　水一程地走来
结营而居　用剑扫风烟
使一些故事　气壮山河
其中的几颗名字
没有完全风化尘埃
而是在腾越的雨露里
腾出兰桂　慢慢长出村庄
之后　又一些村庄
如五月的竹笋
从大地上冒出

二、腾冲诗人

古道悠远的马铃
摇落许多抒情的传说
牛群马群旁边
飘起一朵朵山歌
被风　从这山吹到那山

那些骨血中流着风雅颂的儿女
在唐诗宋词里成长
他们常常
行到地少天多的火山之巅
坐到山高月小①
霜一更　露一更地苦吟
或在热海之滨　怀抱蒹葭
寻找那个在水一方的伊人
有些人　一生只写了几句
有些人　思绪常如七月的电光石火裂开
吟育成篇　只如鸡蛋落地
也有视死如归的赤子
横刀立马于雄关
或在怒江　龙川江　摈榔江边
直抒怒发冲冠的胸意
唱彻风萧萧兮易水寒

注 释

①　腾冲宝峰寺存有明朝进士胡璇撰联:
行来地少天多处，坐到山高月小时。

行到地少天多的火山之巅

坐到山高月小
霜一更
霜一更地苦吟

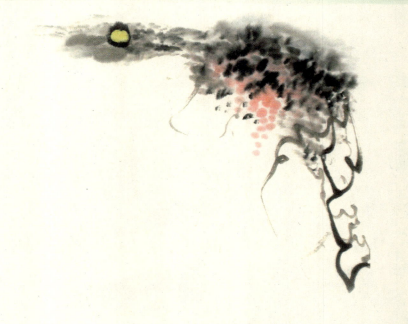

天　空

十岁仰望天空
是因为天空中有许多神话

二十岁仰望天空
是因为天空中有许多梦想

三十岁仰望天空
是因为天空风云变幻

现在仰望天空
是想知道人生的高度

人 生

过去总以为　将来会好一点
而现在　还是和过去一样
一切都没有改变
——就像小溪跌宕弯曲
到了大海　仍是惊涛骇浪

既然活着一定会有坷坎
就不必再有失望忧伤
如果我们已成了海上的波涛
就让我们被暗礁击得粉碎时
放出生命的歌唱
并在回复中重生
不停地将生命撞响

和顺节孝牌坊有感

中国第一魅力名镇和顺，有许多牌坊，有的是节孝牌坊，有的是百岁牌坊。最大的节孝牌坊和百岁牌坊矗立在进入和顺的双虹桥头。

双虹桥　是两张弯弓
桥前的路　是箭行的轨道
一代一代的和顺男人
成为矢簇
被离别　弹射出去
无数回不到家园的人
将故土的名字　改做
——侨乡

许多和顺新娘
一世　陪洗衣亭慢慢变老
朱颜辞镜①的惆怅
竖做牌坊而立

注　释

①　朱颜辞镜：王国维有"最是人间留不住，朱颜辞
镜花辞树"的诗句。

八号观雪

　　中缅边境北段界八号界碑，位于海拔3100多米的高黎贡
山支脉上。

生在乌黑的天空
落在高山之巅
一生　崇尚高度

形成的艰难
融化的疼痛
谁怜　谁知

一条条小溪
是雪的女儿
唱着童歌
奔向山下
四月的大地
万紫千红

涅槃后的灵魂
有时候凝成素洁的云
偶尔
孤独地飘过天空

过傣家

早就神往了
这绿色的风情
泼水节　贝叶经
以及被称作猎哨的爱情

凤尾竹像绿色的喷泉
芒果树像片片绿云
村边水边　处处是
哎啰哎啰的歌声

醒时　就像梦境
梦里更是五彩缤纷

偶　感

当你听到
不会发芽的种子在哭
你要告诉它
真实的生命
有时会由遗憾
作为结局

当你听到
夜晚被无情地诅咒
你要宽慰它
日子　是由白天和黑夜组成

当你听到
人们哀叹苍老或稚嫩
你要劝告他
热爱生命　不能只爱青春

读史感怀

　　秦汉人劫、唐宋江山、黄河长江东流水、天下兴亡起
因不过是蝴蝶效应罢了，实为内因所致。

秦砖汉瓦
挡不住秦汉时风雨
长城　也扶不住倒下的
唐　宋　元　明
那多少盛世

吴三桂开门
放进来一个朝代
陈圆圆
难道真是
倾国的红颜祸水

大清王朝
不是碎裂在
武昌起义的爆破声里
而是枯黄于
一十二帝吐成的茧中
最后被太后珠宝的光焰
化为灰烬

乡村记事

一阵晚风和一群羊在山坡上奔跑
少年和狗　奋力追赶
一朵云听到喧哗后飘来
看到土地上还没种上庄稼
不落雨就走了

一位年迈的婆婆
站在栅栏旁边
用忧郁的眼光
注视着在远处打手机的姑娘
她担心这个自言自语的孩子
是不是精神出了问题

一个叫乡愁的汉子
醉卧在草地上
在苍莽的水墨山水里
向鹰学习自由
向牛学习简单

北海行吟

　　腾冲县北海乡，有北海和青海两个湖泊。北海水面周围的浮滩就是著名的北海湿地，湿地上的鸢尾每年四五月份，总会铺天盖地的盛开一回。

溪流　　湿地　　小船
杨柳　　鸢尾　　杜鹃
北海　　是一颗明珠
水色风华　　美仑美奂

静静的海面
是天的镜子
映照着蔚蓝的容颜
盈盈的微澜
是大地的眼睛
风生情动
不知深浅

云水起落
烟雨聚散
鸢尾一岁一轮的繁花
总会如约
美丽北海的流年

新宝井谣 ①

苹果绿　秧草绿
玻璃水　黄豆黄
玉出腾越　百宝街忙
古往今来多少翡翠大王

走新厂　出老厂
到腾冲　下永昌
滇云万里　马蹄路长
宝井谣唱到长安街上

注　释

① 此诗为第十一届中国云南腾冲火山热海文化
旅游节暨首届翡翠博览会开幕式写的歌词之一。

新宝石谣①

成化年　嘉靖岁
朝廷到腾冲买翡翠
丹凤朝阳　麒麟献瑞
官家买种买色又买水

昔日是极边第一城
今日是中国翡翠第一城
朱颜如玉　人生如玉
如玉如玉腾冲城
如意如意天下人

注 释

　　① 此诗为第十一届中国云南腾冲火山热海文化
旅游节暨首届翡翠博览会开幕式写的歌词之一。

忆 童 年

黄昏后的夜很静
听得到菊花开的声音
风轻轻的开门
来到被窝里和我睡觉

母亲在对面的坡上劳动
旁边还有姐姐
为了粮食
父亲在更远的山上
他们大多在我
睡着后回家

清晨的小路上
大人们又一天劳动的背影已经走远
路旁树林中
所有的小鸟都在醒来后鸣叫
就像我们在老师面前
哇啦哇啦地念书

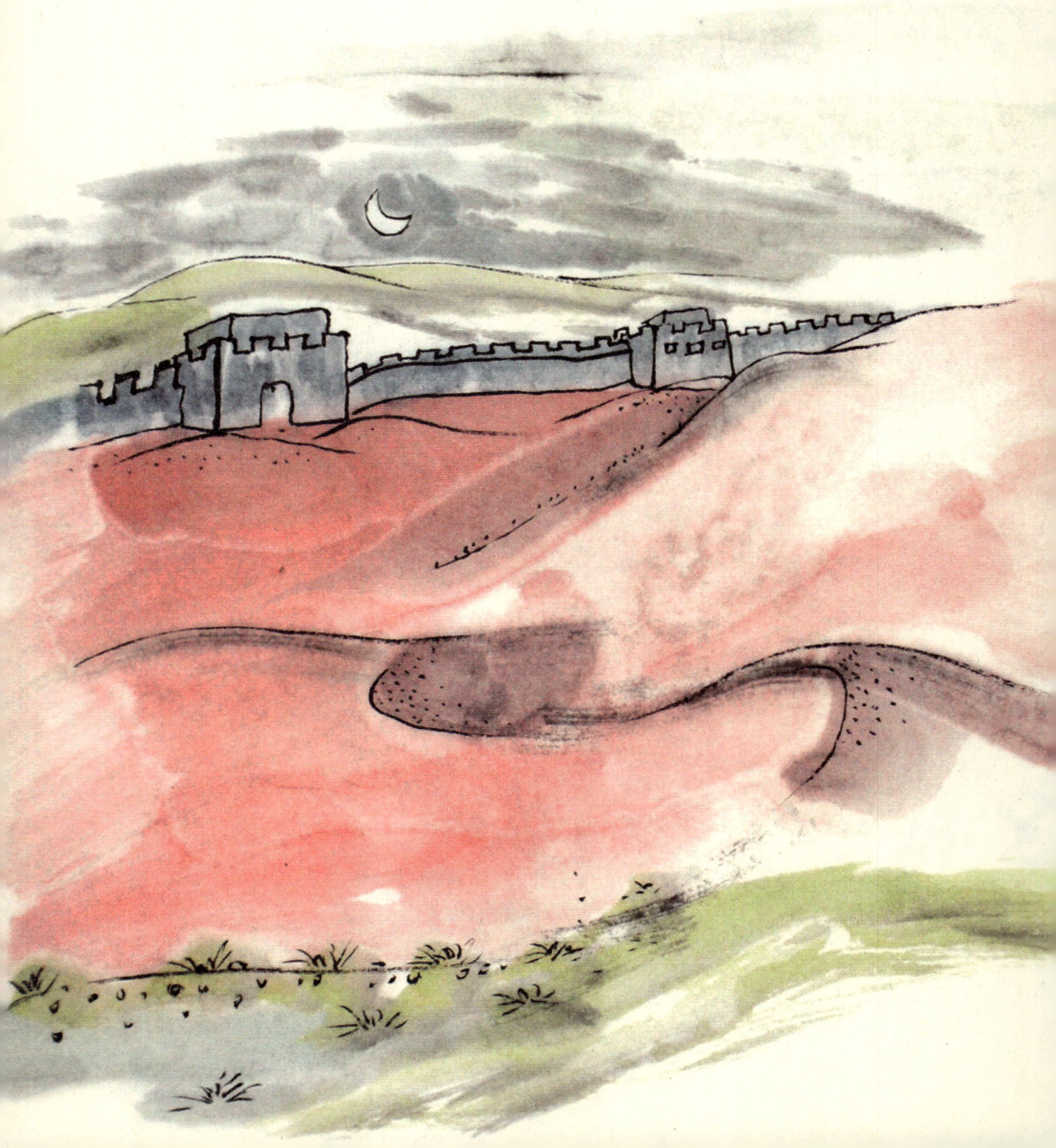

长 城

你用万里躯体
怀抱一个民族
冒着箭镞矢雨
从亘古的岁月中走来
生　矢志不移
死　巍然不动

长城啊
你生也不朽
死也不朽

长城啊
你生也不朽
死也不朽

唐　朝

大漠孤烟是直的
长河的落日很圆
孤城闭着
一个满身戎装的汉子
醉倒在无定河①边
夜光杯②
落在骨头上成为碎片

遥远的塞外
天似穹庐　胡马很肥
而从长安到江南
牡丹和杏花盛开

踏青归来的女子
头上插满春色
一步一摇
幸福的男人
在眩晕中不知道自己垂涎

渔阳鼙鼓　动地而来
大唐江山
落叶萧萧　马蹄慌乱
绝代美人和霓裳羽衣
玉殒香消　风流云散
一段旷古的盛世繁华
渐渐的凋零成
二百八十九年的
竹简

烽烟散尽
黄河和长江上
漂满唐诗
一直顺流而下

注　释

① 唐诗有"可怜无定河边骨，犹是春闺梦里人"之句。
② 唐诗有"葡萄美酒夜光杯……"之句。

贰 愁边、诗边

断　崖

紧紧相拥断裂之后
便面对面
相视而立

千古风雨风化了容颜
可信念不老
相信总有一天
彼此长满苔藓的唇
会落到对方的额头

抚不去的云

在你清幽的眸子里
我曾经种下
一颗羸弱的心
期盼长出
那种收成

你的眼神里
渐渐布满了血红的须根
可树　却倒长入
深深的心灵

我们握手
很轻很轻
没有语言没有别赠
只有祝福
伴你同行

你含泪的眼角
是一湾不会流逝的风景
你的沉默
是我一生
也抚不去的云

寄 m s

纵当你一生
长成北方的防护林
也挡不住
我思恋你的季候
纵当我沉默
如无语的高山
也禁不住眼泪
化泉而流

你是否知道
曾有一片不敢落雨的云
在你头上悠游
你是否知道
曾有一棵不敢开花的树
悄悄地把春风等候

你是否知道
我生命的纸上
虽然是没有着色的空白
但已不是
一无所有

季 候

相遇的时候
爱你不能
像月光一样倾泻
分手
却像河流一去不回头

走向春天
感情又太稚嫩
走向秋天
红叶却又
随风飘走

生命不能
像四季一样轮回呀朋友
只有学会
在追求中等待
在等待中追求
才能把握人生季候

致汪国真

有感于抨击汪国真诗歌的评论和指责太过。

你是从手抄本中
站起来的诗人
你在自己沧桑的路上
铺满了细碎的真诚

你的心就像无垠的大海
盛满了对人生的深情
不论生活的回报如何
都不会改变
美好的愿望
风也不能　雨也不能

不去想是否能够成功
总是微笑着走向生活
即便是一条没有尽头的路
走向远方又有远方
也要风雨兼程
也要相信自己　热爱生命

诗人的路　很不容易
它会倍加坎坷和崎岖
一切珍重　汪国真
祝你前程　一帆风顺

致

我曾在你的门前
用真诚搭下支架
期望情感
像瓜秧儿
长上瓜棚

我曾在你必经的路旁
比露珠还早地等你
而你却不经意我
就像不经意
露珠在阳光中消失

我想做一朵玫瑰
在你身边枯萎
谁知命运
让我与你失之交臂

邂逅记叙

你如冰的双唇
关闭了爱的口岸①
如泓的双眼
却早已隐没
我羸弱的心

凝望之后
没有谁
再提起过去的一切
就像飓风过后
海洋风平浪静

可埋进生命的爱不会死去
开在记忆中的花不会凋零
千年的莲子仍是生命
沧海桑田后
石头变成翡翠
更加晶莹

得到不一定永远拥有
失去也决非完全失尽
世上没有谁　真正了无遗憾
只要真诚的爱过
也一样是　美丽人生

注释

① 摘自友人段正清笔记。

春 雨

今夜
我是为你而来的一场春雨
被风改变了方向
落不到你在的地方

曾经使在水一方的蒹葭苍苍
曾经湮湿唐诗　潺潺于宋词
弥漫于江南的雨巷
迢遥的离人啊　今夜溅起的
依然是那种
带泪的千古绝唱

感　谢

昙花只是一夜
雷电只是一瞬
为了那一夜　那一瞬
昙　等了一年
云　等了一生

尽管相逢是那么短暂
尽管爱已经不能
但我仍深深的感谢
感谢你和生活
美丽了我的生命

大理遥寄

如果你是洱海
我是苍山
如果你是蝴蝶
我是那汪清泉
如果你是上关的山茶
我是下关的微风
如果你是浪花
我是海上的白帆

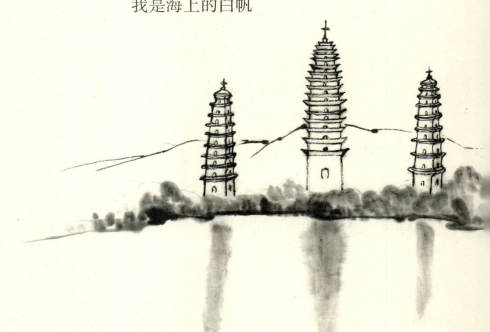

然而　不仅仅因为你在故乡我在下关
更因为爱的时空像迢遥的银汉
踯躅再三终没寄出那朵山茶
纵当寄出也是枯萎的奉献

不再送山茶不再说沧海桑田
赠你一尊大理石三塔去做永久纪念
塔上有我三个秘密的长吻
一个是记号　一个是祝愿
另一个　愿它成为友谊的起点

那 一 句

你的美丽
将我深深的感动
相遇的时光
是生命中一场
柔润的春雨

曾有很多这样的时刻
已经弓如满月
要射出丘比特的神箭了
却总在怕
一发而射不中你

沧桑熨不平我心中的痛苦
谁知你也矢志不移
一个犹疑错失了一个世界
你我当时 为什么不敢说出
只有三个字的那一句

任凭弯腰
俯身岁月
再也拾不起那个
破碎的秘密

一生的眺望

我以为
你在浩淼的彼岸
便乘了一叶扁舟下海
独自闯向爱的汪洋

我走了你又赶来
变做一只精卫
拼命填海
海枯的日子却很渺茫

如果真有来生
请别忘记
今生的眺望

手 帕

过去，一方绣帕就是女孩的一纸情书。

那是一枚特殊的邮票
将一封无字的信
从你心中
寄到我的心中

致　妻
（外三首）

总想把自己的一生
酿成美酒
让你不断喝醉
请别嫌我
平淡如水

总想把自己的一生
变做茶　或咖啡
让你在回味中
喝得无怨无悔

总想把自己一生
拧成一条纤绳
去纤引家的小船
在遇到风暴的时候
将心缆越系越紧

如果可能
请将所有的不幸
放到我的肩上
我不怕风雨如晦
也不怕伤痕累累

走在婚姻的红砖路上
才知道海誓山盟
并没有多少光辉
而每一分理解
却点点珍贵

一

不管是正面看你
还是从侧面看你
你都是美丽的

不管是从近处听
还是从远处听
你的声音都是动听的

不管你是为我哭
还是我笑
都是为我好

不论月缺
还是月圆
你都圆了我的梦

面对你的爱
一如面对
山坡上扑面而来的风

二

你折叠了行李
却折叠不了忧伤
熨平了衣服
却熨不平我的思绪

那就让一首小诗
代言对你的别赠吧
可湿漉漉的诗行
却又概括不了
你我含泪的纯情

三

你如果爱我
请不要爱我现在
青春只是一朵雪花
很快会被岁月溶解

你如果爱我
请不要爱我现在
荣誉和财富不过是一堆沙砾
很快会被历史的长河掩埋

要爱　就请你爱一个完整的我
不论美丽　还是枯萎
不论成功　还是失败
即使我不幸夭亡
你也愿意变做一棵花树
到墓地盛开
表达一份
生者对死者的关怀

我默默的爱在你身边

我愿是树　如果你是花
我愿是花　如果你是露水
我愿是露水　如果你是阳光
……
我爱你爱得这样温存专一
啊　但愿别人爱你　和我一样

我就在你的身边
可你不会发现
我的爱将像宝石在人世中深埋
因为这不会泯灭的初恋
原本并未开篇

我就在你的身边
你没有多看我一眼
我是一棵小草渺小影微
不是花啊　不曾使你留恋

你那花瓣凝成的脸盘
就像橙红的太阳
盛开着青春的辉煌和圆满
你那如水深邃的眼睛
就像天一样蓝的海
和海一样蓝的天

我就在你的身边
可每次都是缱绻的走近
又晦涩的走远
一旦有片刻的别离
理不完的相思
就像你手中织不完的线团

我就在你的身边
却被命运的汪洋阔水隔断
多少夜我艰难的划着梦舟
渴望在情海里向你靠岸

我就在你的身边
却像一只孤独的情雁
才在你的眼睛里找到天空
尚未曝光的希望
却已在伤心的流产

我们相遇
相遇在立体交叉的站口
而生命却像铁轨
是两条不能相交的平行线
爱像流水
有它固有的流向和特定的归宿
牛郎织女　两颗星座
永远隔着迢遥的银汉

人生无时不在悲欢聚散
怎能怪你　又怎能抱怨
如果有一天你生活的航船需要微风
我将奋力鼓荡
那盛载我多少祝福的白帆

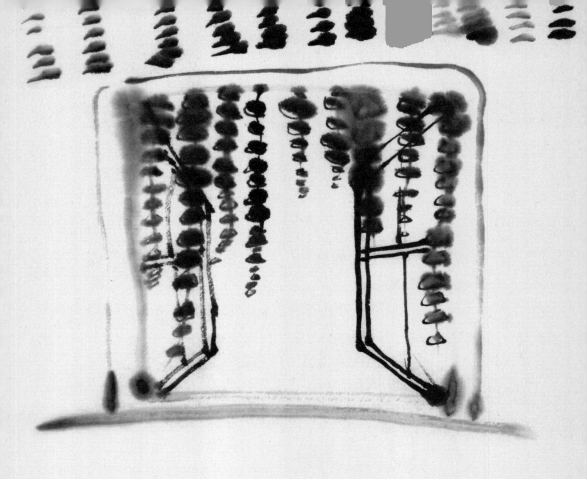

秋天　真的好想你

为你挡一次风

从泥土到肉体
从肉体到泥土
多少次生死轮回
谁知今生　还是只能
若即若离

真想　在一个开满杜鹃的山坡上
牵手走一次
中间没有
小心保持的距离

真想　让你知道
我们相识的地方下面
那些千古不变的石头
其实是一种看不见的不朽

如果　这一切都已不能
那就让我
在风起的时候
从你面前慢慢走过
为你　挡一次风

一

秋天的流云可以走向海洋
秋天的风可以走向深谷
而秋天采撷的红豆啊
却不知寄往何处

不要对我说
有播种就有收获
我用梦做种子
为什么长不出你
不要说不临渊羡鱼就对
在时间的河里
你是一条溜走的鱼
我拉的是空张的网

请悠悠长天
记住消逝的雁阵
请远行的河流
记住枯黄的堤柳
请归去的旅人
别忘临行前的最后一声晚钟
请苍茫青山
别忘一头在夕阳中反刍的老牛

二

写诗的时候
总在流泪
不知为诗　　还是为你

傍晚之后
我就去望天空
因为
天空中有你的名字

走到远方
你却还是远方
走到天涯
你却又是故乡
就像夸父
永远追不到
天上的太阳

我死以后
坟头会飞出一只
孤独的蝴蝶
请将制成
凄美的标本
夹进生命的书中
并写上那个
历经千年的
痴情名字

三

风中的杨柳啊
为什么不是
你的秀发
冬日的晨雾啊
为什么不是
你穿的轻纱

屋后的荷塘啊
为什么不是
你明澈的双眼
律动如歌的河流啊
为什么不是
你手中的吉他

高高的青山啊
为什么挡不住你
走向天涯
那些搬不动的石头啊
为何又如心中
沉重的牵挂

落满枫叶的山道啊
为什么不给我们
制造一次相遇
那些砍了又砍的枯藤啊
为何还在长刀下
苦苦相缠　作不死的挣扎

七 夕

今夜的银河很宽
河中也没有鸟
不知那两颗星
如何相逢

禅

修行千年
等待千年
一生　仍只有一字赠你
禅

禅的意思是
说的是没有说的

变调的古词

心被渭城朝雨淋湿之后
便无法曝干
长亭虽遥
梦　总会每夜抵达

胸中的一江春水
日夜流淌
而你是否听到
大江东去的潮声

水调歌头里的一轮明月①
今夜依然升起
寒山寺的钟声②
依然在枫桥的夜里
随风而逝

注 释

① 苏轼的词句："明月几时有，把酒问青天……"

② 张继的诗句："姑苏城外寒山寺，夜半钟声到客船……"

高 地

走进婚姻之后
妻站成一块高地
我站成一块高地

我们都想把对方征服
硝烟中
度过了十年风雨

弹痕累累的土地上
许多地方
变做光秃秃的绝望
停战和雾散的日子
我们彼此望着
发出沉重的叹息

两块高地下面
各自涌出一汪清泉
泉流在高地下面交汇
那水　叫做爱情
有时　也叫眼泪

友　情

过去的信
是一坛坛陈酿
时间愈久
越香越醇

过去相聚的地方
总想变成
前面旅程中的站点
从而　越走越近

当我们欢乐时
却在忧伤
一个下落不明的音讯
当我们痛苦时
仅想得到的
只是那份理解和温馨

当我们难再出门
总会叮嘱远行的儿孙
到了那里
一定要找到
你喊叔叔
还是伯伯的那个人

致河北荀润欣

可恨时光
使我们相隔九年
可恨大地
有一个河北　一个云南

可恨云烟
遮住了你的容颜
可恨天涯
没有路在我们中间

也许　你的心情
是北国的情雁想着南方
也许　我的希望
是南方的群山
走不进北方的平原

无　题

在干燥的沙漠里
种子已失去了发芽的力量
心　却仍然盼望
和三月的春风私奔

邂　逅

你轻声的问候
又带来一次不朽的疼痛
当年　高黎贡山像栏杆横着
为什么挡不住你
东向天涯的步伐

握着你的红酥手
想你买的糯米酒
许多往事
如初冬的蒙蒙烟雨
消逝在淡淡的远方
我空望着
水远山长

今夜你会有梦吗
梦中会有杨柳岸吗
梦里无人搀扶的跌倒
醒来时　是否还疼

父 亲

编钟独奏

咏 怀

三十三年春共秋
落榜落选自悠悠
只惜胸中千百计
难报家国一恨愁

送 别

春不归来山河旧
雁已南去风霜寒
客行明日尚斟酒
已觉伤心在阳关

吟大苋苁

大苋苁：腾冲县城北面拔地而起的高峰。

兀立苍茫直入云
多耐高寒谁相怜
登临方知峰如帅
万山拥来皆是兵

忆少读书偶感
（仿宋人戏作）

嘱咐花香莫过墙
隔墙人在读书忙
闻香定要停纸笔
江山正待出文章

北海即景

四围峰峦如靛染
远村空蒙连山前
禾苗碧绿三千亩
鸢尾①绽放四月天
牛上牧笛横吹雨
柳外渔舟斜钓烟
一湖春水洞庭色
愧无才赋岳阳②篇

注 释

① 阴历四月（阳历五月）是北海湿地鸢尾花盛开的季节。

② 指范仲淹《岳阳楼记》，其中有"先天下之忧而忧，后天下之乐而乐"名句。

禾苗碧绿三千亩

鸢尾绽放四月天

栗柴坝渡口

1942年，远征军二十集团军于此抢渡怒江，收复腾冲。

怒水高和易水歌
铁流西进扶山河
远征千古英雄气
无风也起百丈波

国殇墓园

国殇墓园：腾冲为抗战中死难的英烈修建的纪念陵园。

魂化青山魄化水
万古千秋卫边陲
所忧只怕忘国耻
何计功骨墓与碑

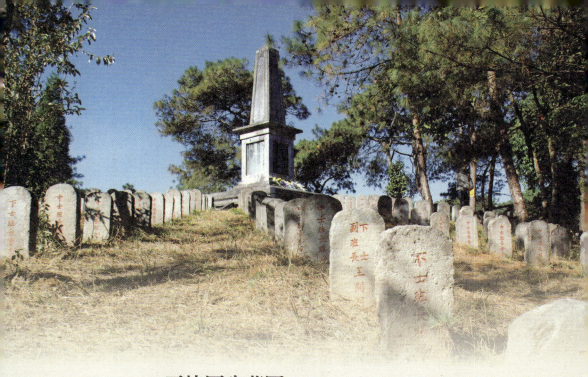

再悼国殇墓园

长歌未歇左孝臣[①]
十万男儿又远征
折腰俱是为腾越
青山埋骨史埋名

注 释

① 左孝臣（公元1848年－1900年），字敬轩，清光绪腾越厅茨竹
隘土守备。光绪二十六年正月十四日，驻缅英军数百名及杂牌军千余
名，以勘界为名，侵入我国境。茨竹隘土守备左孝臣、明光隘土把总
吴体荣集合练兵弩手布防于甘稗地，堵截入侵英军。英军实施袭击，
左率众与敌拼搏血战，英军死伤无数，狼狈逃窜。此役我方阵亡练兵
弩手137人，左氏身中八弹壮烈牺牲，时年五十二岁。事后，抗法名将
冯子材奉命到腾越调查情由，十分义愤，并对左孝臣遇难深感痛惜。
后，郡人李根源挥笔疾书："里麻吞噬后，片马又沦弃；守土左孝
臣，战死甘稗地！"

国殇墓园墓碑

横看成排竖成行
独自抚碑细思量
倭盗不是欺国弱
此地何由叫国殇

滇缅抗战博物馆观后 ①

展物件件箭穿心
惨绝人寰暴兽行
恨不能提师百万
杀尽东倭荡恨平

注 释

　　①　滇缅抗战博物馆是柏联和顺集团和民间收藏家段生馗合建的、间投资收藏的博物馆。馆藏文物7000多件包括中国远征军、中国驻印军、美英盟军、民众抗战的遗物，同时还有日寇侵略留下的种种物证。在展品中，有几只日军曾经煮活人的汽油桶记录了这样的一段历史：一次，日军到腾北的伯家河进行扫荡。他们进村时，村庄里的人都躲进深山了。可十个早上出去干活、不知道白天日军进村了的人，晚上回来，被日军抓去放在汽油桶里，装上水，然后用拆下的房屋木料做柴把水烧开。远近只听到十个人惨烈的呼叫声。第二天，日军撤走后，人们回到村里，只见油桶里漂着人油和人的头发，桶底是捆人的绳索和人的骨头。

行吟和顺

和顺：和顺镇，2005年中央电视台评出的中国十大魅力名镇第一名镇。有600多年的历史，文化积淀丰厚，是云南著名的侨乡。现有人口6300多人，旅居国外的有18000多人。当地人历来有出外闯荡的传统，出去的人，有人荣归故里，有人一去不返。

多少儿别隔娘坡[①]
捷报桥[②]上几人回
缕缕归魂[③]谁长吊
点点白鹭戴孝飞

注 释

① 隔娘坡：和顺乡后面的山坡，和顺男儿外出夷方或缅甸告别亲人的地方。

② 捷报桥：和顺魁阁下面大盈江上的桥。是和顺男儿成功归来走过的桥。

③ 缕缕归魂：古往今来和顺外出的男人很多，但真正成功归来的只是其中一部分。好多人走出去就没有回来过，或客居异乡，或客死他乡。缅甸泰国都有很多和顺人的坟，看着那些坟冢，颇有"可怜无定河边骨，犹是深闺梦里人"的悲凉。

北海行吟

樱花纷纷樱花谷①
白鹭点点北海春
茏苁②谈笑云入口
青海醉归柳扶人
双坡坐爱前山③雪
竹坝俯听大江④声
千里香飘草果⑤味
万年热海⑥赛华清⑦

注 释

① 樱花谷：北海乡境内。

② 茏苁：大茏苁山峰。"茏苁朝云"是腾冲十二景之一。

③ 前山：双坡前面就是高黎贡山。

④ 大江：龙川江。

⑤ 草果：北海180平方公里土地盛产草果。

⑥ 热海：北海玛玉窝温泉。

⑦ 华清：西安华清池。

无 题

一瓢溺水命坎坷
愁醉酒醒望山河
云欲带山行千里
山不能行秋雨多

春日偶成

昨夜置酒喜新桃
人面去远自喝高
落花难打一梦醒
别梦不辞千里遥

肆 情边、梦边

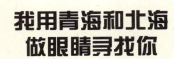

我用青海和北海
做眼睛寻找你

　　从我们毫无期遇的相识里，我感到你是秋水。从你湿漉漉的字里行间中，我读出了你的容颜——你是我寻找的那个在水一方的伊人！

　　从你简单的故事中，我感到你是通明澄澈、冰清玉洁的，同时，又是山洪过后凝练的，抽刀斩断也要流的那一种。

在蒹葭苍苍，白露为霜的时节，我遇到你。

在蒹葭凄凄，白露为稀的时节，我是否可以拥有你？

遇见你，我觉得就像蝴蝶飞不过冬季，烈火走不过沧海。我想对你说：人世间有百媚千红，我独爱你那一种。将来繁华褪尽，洗尽铅华，你依然是我手心中的宝。

怀抱蒹葭，站在岸边，等你燃烧的人，是我。

戴着斗笠，披着蓑衣，守望秋水等待伊人告诉我月缺月圆箴言的人，是我。

　　我用腾冲最大的两个海——
青海和北海做眼睛寻找你。如果
你和我擦肩而过，你会看到，青
海、北海，盛满泪水。

　　我用中国的两个海——青海
和北海做心，渴望容纳你。如果
我能够拥有你，你会看到，我的
心已盛满秋水。

　　也许，我的爱情是烈火，走
不过沧海。

　　也许，我的爱情是蝴蝶，飞
不过冬季。

山 与 云

从开始就注定是一种若即若离的缘分，山变不成岑云，也挥不去云，云变不成沉重的山，也离不开山。

春夏秋冬，云总会踏节而至，给山改容换面，山总会如期等待，让漂泊疲倦的云在肩上轻轻地歇息。七月是两情最浓的日子，云在哭泣，山在流泪，可太阳却像一个暴君，总是扬起金鞭驱赶在山的怀抱中左躲右闪不忍离去的云，理解云和山那份情怀的只有羸弱的月亮和星星。

　　每次离别，云都会带上山那默默的祝福，每次离别，山都会看到云的手在依依地挥，依依地挥……

　　在别后的日子里，山常常收到云从风中寄出的相思，云常常收到山请大地传递而来的问候。

　　岁月，一次又一次地撕裂山与云的固执，却从未摧毁云的信念，山的精神。

最后守望时的断章

一

在你即将离去的这个冬天，我原本不哭，可"西风缭乱泪千行"啊！

二

一个遥远的城市，一份薪水和一个陌生的单位，就要把你从我身边带走了，我不能不哭！

三

世界上最远的距离，不是我不能说我爱你
而是想你痛彻心脾，却只能埋在心底
世界上最远的距离，不是我不能说我爱你
而是，彼此相爱却不能在一起
……
世界上最远的距离是鱼与飞鸟的距离
一个在天，一个深藏在海底……
我怎能不哭！

四

我想在你离去后，慢慢地哭，用我的一生。可理智的闸门挡不住情感的潮汛，泪，还是落了下来。

五

我的前世可能是蜡烛，你是燃烧我的火。

我的前世可能是雪，你是那个把我堆成雪人的小女孩。

要不，怎么在你面前，一生是泪？

六

我不知道你是谁的轮回。一首歌忽然从天籁传来："我是一只等待千年的狐，千年等待，千年孤独……"

从此，你成了我一生的面前。

七

看到你以后，我又找到了若干年前的我。热烈，沸腾，彭湃。一时自我感觉雄姿英发，万丈豪情。在说不清道不明的感动里，我像树，把根向你生长。我想请你把你一生的等待给我，把一生的牵挂给我，把一生的温柔给我，把一生的春夏秋冬和阳光雨露给我。

我想请你接受我这份被风霜憔悴了的痴情，我盼望生命再绽放一次灿烂，爱情再经历一次潮汐。

八

有些爱，注定绝望，可我依然想付出。尽管一个巴掌拍不出声音，但我是铁粉，逃不出磁石的吸引。

九

我的耳朵是竖立的天线，接收来自你心灵的呼喊。眼睛是转动的雷达，捕捉来自你身影的信息。

我想把目光变做阳光，能在白天随时随地见到你，我想让我的唇长出夜，能在每个夜晚吻到你，我想让我的手变成风，时刻能够拥抱你……

十

我在阳关想过你，在天涯海角想过你。在八达岭长城上想过你。在长江边的巫山十二峰下想过你。在抵达的每一个城市，在走过的每一个村庄想过你……

懂事以来，情动以后，我真的很爱你。如果你不相信，我死以后，你去问我的骨头。

十一

相思犹如钱塘的潮，在深夜，一遍一遍地涌来，你站在潮头，让我整夜整夜的时光，都追随你光芒万丈的意象。

多少夜，酒精泡红了思念。多少夜，我把你当做烟吸进肺里，让你住在离心最近的地方。没有一把尺子，能够丈量出夜色中我们之间的苍茫。一点点泪，像一个个痴情的词，滴落在夜里，谁知？

十二

你得到至爱，就无法得到至亲。于是，我成了一条在沙漠中风干了的咸鱼，你成了一条河床被固定了的河流。我无法翻越高山，你也无法渡我入怀。阅尽千古诗书，无法为这走投无路的爱找到答案。皇天后土，也无法成全我们的旷世真情。

十三

你知道我的疼的沉重，我也知道你的痛不轻松。我们别离，不是我风散雨收，也不是你雾轻云薄。更深的感知，只有来世你是风雨我是云烟，或者我上半生做女人你下半生做男人才知道这份爱是多么的痛。

十四

我知道，最后的爱，是放手。从此，凌波不过横塘路。在今后的岁月里，唯有你知，我衣带渐宽是为谁。

十五

在你转身离去的时候，别踩你脚前的露珠，那是我的眼泪。

在你前行的途中，请别埋怨颠簸，那是因为我铺设了一路坎坷的心情。

十六

以后，如果你幸福，就在转身以后别回头，以免我的忧伤浸染你的前程。

以后，如果你不幸福，你就回来，我依然站在灯火阑珊处……

十七

你是我生命中遇到的最后一个我爱和爱我的人，虽然错过，但你已经让我一生仰望。你明澈的眼睛是我干鱼再也到达不了的大海，你的双唇是我干鱼再也游不到的彼岸，你的身躯是我干鱼再也攀登不了的山峰，你的怀抱是港湾再也不会让我停靠这艘客船……虽然我的生命终究不可能和你有所瓜葛，你依然是我天空最亮的北极星。

十八

是的，在这几天你就要离去，我不知道拿什么挽留你，拿什么送给你。只好写下这段，最后守望时的断章。

月 台

　　在你告别的月台上，我是一个你不知道送你的人，看着你在列车前含泪挥手，含泪挥别，我也情不自禁地伸出双手，向你挥别。

　　如果你在人群中仔细搜寻，你会看见我。但是如果你会在人群寻找我，我会躲得更远一些，以免再多一份伤心弥漫你的前程。

　　在你离去的月台上，我是最后一个离开的送行者。

　　在你离去的日子里，我若干次踏上你离去的月台，目送曾载你而去的那趟列车，一次又一次地消失。

　　假如，生命真有轮回，假如今生走向来生也是一趟列车，那么，在来生的月台上，我会是第一个迎你到站的人。

重庆啊
今夜你会听到北海的笛声吗

　　路过世界的时间已久，经过太多的无奈之后，爱与恨的心事已很苍凉。我以为，自己这一生，已像一根死去的空心竹管，所有季节，所有风，都不会再感动。

　　在茫茫人海里，是你惊鸿一瞥发现了我，在我人生的拐弯处，命运让我遇到了你。

　　遇见你时，我叫不出你的名字。

　　你说，你是来北海停留的一种候鸟，叫雁。在人生的旅程里等一个人，这个人也在你不知道的另一半世界里寻找你，总有一天，他会穿过河流、暗夜、灯火、时光……推开你轻掩的重门。

　　甜甜糯糯的乡音，婉转如莺语呢喃，丝丝直逼我的灵魂。你的目光如江汉秋阳，澄明如过滤过的一种光、一种射线，渗透我的每一个细胞核子，一种无法说出的感觉如核爆一样涌满我的全身。

　　一个差不多等了一生的人，玉树临风地来到了现实。

如同世间许多相见恨晚的故事，相知总是不会"恨晚"。你的善解人意使我得到了从来得不到过的理解和爱。在你的心灵小屋里，我如一个孩子，赤裸在沙滩上静静享受你温馨的阳光。在那个灯火辉煌之夜，你的嘴唇贴到我生命的伤痕，来自你肺腑的气息，忽然使我羽化成笛呜咽成歌……

得我曾经对你说："温飞卿之词，句秀也；韦端己之词，骨秀也；李重光之词，神秀也。"女人也有三秀：貌秀、骨秀、神秀，你是属于神秀的女人。我多么希望：我见青山多妩媚，愿青山见我应如是。如果你愿意，我愿为一缕山风，以大音希声、大象无形的方式伴随你，一天一年、一生一世……

然而，命运是一种无穷大的力，像流水、像风、像季节、像一维时间，你分明感到它在离去，却无法伸手挽留。

　　是谁注定我们只能牵上缘的手却牵
不上份的手，使你像雁一样飞到重庆？要
是我能拥有天空，就能够拥有你的前程。
可我是北海的一根竹筏，横在无人的野渡
上，没有双翼伴你北去的飞翔。只有也许
你毫不在乎的祝福，山一程水一程地伴着
你，追风赶月，翱向你要去的远方。

　　南山有鸟，北山张罗……

　　重庆雾大吗？是否有人照顾衣单身寒
的你？今夜你会有梦吗？梦中会有北海的
杨柳岸和晓风残月吗？梦中无人搀扶的跌
倒，醒来是否还疼？

　　"有时候，关切是问，有时候，关切
是不问，如沉船后的海面，其实也是静静
的记得……"

　　我不知道，你在重庆是否想我，如果
想我，我已经把窗子打开，你可以在我今
夜的梦中归来……

　　我不知道，你在重庆是否想我，如果

想我，你就去看嘉陵江，去看我心中的那一江春水日夜流淌，去听我胸中大江东去的潮声……

"若问江深浅，应如远别情。"虽说茫茫红尘我无法回首，但我依旧寻觅你转身的影子。

晨到北海，海澄如镜。这里，海面曾掠过大雁的影子，海边曾留下过大雁的脚印。"天空中已经没有翅膀的痕迹，但雁已飞过。"吟诵着泰戈尔的圣言，却算不出你归来的流年。

飞烟在天，残阳在水。牧童、水牛、归鸟、风中渔歌……渐渐隐入四围山色。独自徘徊在北海一隅，舔自己的伤，嚼自己的痛："脉脉依依两如何？细似柔丝渺似波。月不常圆花易落，一生惆怅为伊多。"我在自己酿制的痴情中醉迷。

青山隐隐，水光淡淡。深夜的北海起雾了。但仍有一卷、一人，一灯、一影，阑珊在北海的小窗边。多少时来，我一直按你说的努力忘记你，忘记你……然而，忘记一次心彻骨地痛一次。是疼痛昏迷还是睡意袭人，醒来，依然是"枕边梦去心亦去，枕上梦还心不还"。我突然明白：在黑夜里不能忘却的才是真正永恒的爱恋。

苍天为什么要薄对凡·高而厚待《向日葵》？"我死以后，诗人出现。"也许，一百年，一千年后，北海已经沧桑成田，山影，河流已经不在，但我这颗永恒的心依然是竹笛在北海曾经的鸢尾和芦花中含泪呜咽。在你轮回的生生世世里，会一次一次听到我此时穿透时空直抵千古的心灵绝唱……

但是重庆啊，今夜你会听到北海的笛声吗？

上邪，吾欲与君相知，长命无绝衰。山无棱，江水为竭……好吗？

一支风中竹笛，在秋冬、在春夏，在为你吹……

一份情，在北海、在重庆，齐天荒地老……

明 光 河

在腾冲北部，有一个50多公里长的大峡谷。大峡谷中流淌着一条镜子一样的河——明光河。

它涌动着浪花，微掀着波澜，倾诉着湍流，交响着潮声，从远古流来，流到现在，又流向未来。

它源于云雾缭绕的高黎贡山。它是雪与雨的孩子，是山的精灵，从一座座山坳中，跌宕着，欢笑着，奔跑着，淙淙而来。汇集到坝子中央后，静静地，一尘不染地，蜿蜒地流过竹林，流过村庄，流过田野，流过沙滩，流过一道又一道的湾，最后在两岸青山相送中，化为龙川江向南流去。

春天的明光河最清。那水，看上去如梦幻般似有似无。只有风吹起微澜，才感到真实。水，粼粼的，柔柔的，微微的。河中的鱼、蝌蚪、石子、苔藓、水草清晰可见。

有时候，水面漂着桃花、梨花、樱花、杜鹃花。调皮的孩子们，常会脱光衣服，在河中追逐落花，追逐流水。水花和孩子的笑脸，惊得鸥鹭翩飞。

河上，有好多好多的桥。大多是石桥。在河的上游，还有藤桥。人走在藤桥上，人在摇动，桥在摇动，河中的影在摇动。

河两岸的青山上，或星星点点，或成片成片开着山茶，红杜鹃。如天上掉下霓虹被异峰突起的岩石撞碎散落在坡上。如火如荼，装扮着远山近水。明光河，就像山的镜子，映照着青山的妩媚。

傍晚，"一道残阳铺水中"，一条长长的，蜿蜒的河，流光溢彩，非常壮美。

偶尔，会有戴斗笠的汉子，在金光中划一只独木舟顺流而下，划向他在水一方的家园。

　　秋天，峡谷两边的青山，红叶如火，秋叶如染。山脚的坝子里，田畴被金灿灿的稻谷丰腴。金竹林、树木、房屋、炊烟、白鹭构成的村庄，薄雾如轻纱如蝉翼覆在上面，看上去亦真亦幻。远水无波的明光河，在坝子中像一条白练穿过田畴，穿过村庄。那种美，使人不恋凡尘。

　　风起的时候，如呢喃般的细浪，一次又一次地涌来浸湿岸边的石头，和石头上洪水的痕迹。似低语、似诉说、似禅意。一条鱼，跃出水面，慢慢地，慢慢地，如蒙太奇般落下……

　　河边的田野，也有收割了的田地，农人在使着牛，犁开下一季的希望。有时，秋雨空蒙，牧童在牛背上吹着竹笛回家。披着蓑衣的渔人在柳树边垂钓。仿佛宋明山水。

　　传说明光是神仙住了十万年的地方，
后来神仙有事搬走，人们才到那里居住。
但神仙每年冬天都会回来，于是，明光河
冬天的每一个早晨，都会泛起一川白雾。

等你长成树

在猝不及防的那时，命运将我注定成为一棵树。

于是，我便生长在你有一天会经过的路上，竭尽全力地长一身潇洒的枝叶，让你避雨纳凉，开一树金黄的籽实，让你品尝来自我心俯的甘爽……

期盼了朝又期盼了夕，你终于在那一夜随风踏月而来。我毫不犹豫地向前对你述说我心中千年等一回的期待，可你却对我说我们中间有一条鸿沟，我们之间无路可通。在抚慰我之余，随手给我留下一份让我一生都咀嚼不完的失望。

看到你执著的样子，我含泪祝福你的前程。

但是，尽管你今后已不在从我面前经过，我还是要永远永远地等你——等你长成树。

大空山和小空山[①]

　　只要从小空山上望一望大空山就会明白，大空山和小空山原是两座想生死相依但未能相聚的火山。两座山巅上的深凹[②]是因眺望而不肯瞑目的眼睛，中间那段不算长的距离，是它们千万年来无法冲破的命运。

　　亘古以前，忍无可忍时一喷冲天的怒火和豪情万丈的呐喊，成为了天地间最壮美最辉煌的抗辩。可终不能改变不能相聚的现实。忠贞不渝的执著又使它们不忍分离，于是，便在万籁俱寂中以沉默肝胆相照，并在心底孕育着一份炽热，以期有一天温暖对方。

　　我不知道，以纪年来计的岁月，两座火山是怎样度过来的。每天夕阳西下时，当等待又一天落空，它们是怎样接受失望？在彼此看不见对方的黑夜里，它们又是如何思念对方？回忆对方？当等待又一年落空，它们是否明白这种等待还要多久？是否知道相聚的流年？

　　能够浮在水面的火山石③很轻很轻，
风吹向北方时，只见南方的石头向北方涌
动，风吹向南方时，只见北方的石头又涌
向南方……那是两座山涌动的思念啊！是
的，它们不会用花相赠，因为花太短暂，
不会用树相赠，因为树会死亡，不会用云
相赠，因为云太轻浮，不会用雨相赠，因
为雨爱流泪……只有这种由它们自己热血
凝结的千古不朽的蜂窝石，才能表达它们
永恒的情怀。只有相爱至极的真情，才会
有这种风吹石头上坡的奇迹。我想，可以
为这份真情作证的，只有时间、大地、天
空。

　　年年期盼如斯，天天期盼如昨。两座活着的火山用沉默等待地老天荒后的相聚，这份情，无愧在时间和天地间屹立。

　　火山啊，喷薄爆发吧！

注释

　　① 大空山和小空山，是腾冲火山群中两座活火山，相距很近。

　　② 火山的喷发口，在火山锥中凹陷很深。

　　③ 火山喷发后，岩浆形成的石头，都是蜂窝状，当地叫蜂窝石。其中岩浆泡沫形成的石头很轻，可以漂在水上，也可以被风吹动。由此形成了"水漂石头走""和风吹石头滚上坡"的独特奇观。

故　人

故人——他让人想起马雅可夫斯基那句著名的诗："他不是男人，他是穿裤子的云。"

故人来自比远还远的地方。

他是穿青衫，骑瘦马，领略过风刀雨鞭，领略过夕阳西下，断肠人在天涯的那种游子。他，仿佛是来自古代一卷瘦长的风。

　　好几天前打过电话。但听到他的声音，依然觉得来自天籁。期待的幸福之树，在瞬间开满繁花。几十年的友情，摊开在阳光下，依然是那样鲜嫩。

　　我的田园是他的家，就像雁回江南。流水无形般，没有拘泥。

　　鸡是一种狡猾的动物，看到他来，就好像见了刀剑出鞘，在大公鸡的带领下向四周的树丛遁去。狗迎上来，不是咬，而是亲，他们有共同的性格：忠诚。鹅警惕的望着将要发生的一切。只有猪还不知天高地厚……

　　村边的绿树，挡住青山外的风。一杯水酒干了，又一杯干了……诗人宓月说过一只红蜻蜓，"与寒露一起透明/终不肯说出苦难与寂寞/你要轻盈地飞"。只好把酒话桑麻。

　　下棋。还得诗一首：与友屋东鏖战棋，全心全意弄玄机，一局终了抚掌笑，输赢俱是酒一提。

走下土坡，趟过溪流，慢慢走啊故人，有一串脚印，相送在你的身后。

你说，待到重阳日，还来就菊花。

路，弯弯曲曲，就像一条绳索，一头，你慢慢抛下，一头，渐渐缠紧我的心头。

徐庶走马，刘备砍树。两行汉朝的泪，情不自禁的从我眼角流出……

后 记

青山不墨千年画，流水无弦万古琴。

我的家乡腾冲是全世界最好最美的地方。它火山热海并存，还有一座世界名山——高黎贡山，山水如画，自然地质文化丰富。它是南方丝绸之路通向南亚通道一个最重要的节点。2400多年前中国先民开辟的南方丝绸之路，经腾冲进入缅甸抵达印度、阿富汗等南亚国家。依托这条古道，腾冲得以较早开放和开发，一度贸易兴盛、经济繁荣。现在也是通向南亚的桥头堡。它是一块百看不厌的翡翠，不仅是中国翡翠第一城，绿油油的大地本身就像一块翡翠。从诸葛亮南征到大明王冀戍边，邓子龙剑扫风烟再到1942年～1944年的铁血抗战，回荡着一段段荡气回肠的历史。它是散落在边地的一部汉书。它是古代汉文化最边陲的神经末梢。

所以，我用生命为它歌唱。同时感恩歌唱的还有亲情、爱情、友情、知己情谊……还有一些无法唱出的心歌，在心里久久地，久久地回荡……

该书在编辑出版的过程中，得到了腾冲县委、政府有关领导的鼓励和关心，得到了许多老师、同事的支持和帮助，得到了几位企业界朋友的赞助支援，没有他们，我是万万不敢"苔花若米小，也学牡丹开"而出书的。在此，谨一并致谢。

水少望成多，一滴也想净山河。愿我的吟唱，能带给你一点点欣悦和慰藉。